COLLECTION FOLIO

Sempé

Simple question d'équilibre

Denoël

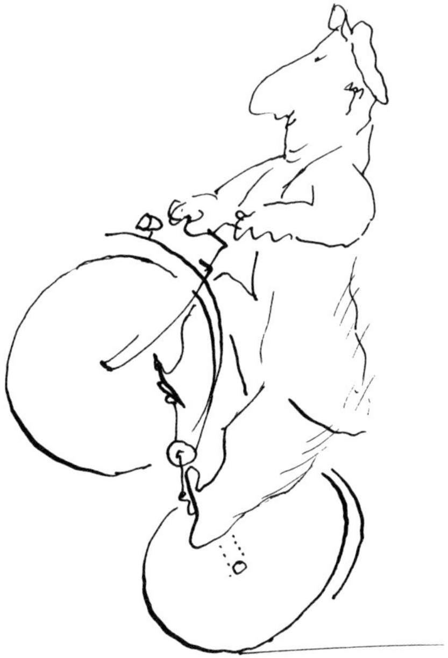

Jean-Loup Ricochet
~ 12-6-1946 ~

Association Sportive des Biscuiteries Bedin & Fils Frères
~ Saison 1937-1938 ~
3ème du Trophée Barrigout. 4ème du Gd Prix Pervolant

Marie-Laure et Georges (son premier mari)
~ Sept. 70 ~

Robert Broulonde (et Madame) de l'Associatn Cycliste de Bourg en Bresse, le 16 Juin 1965. A côté de Paul Lejeune, on distingue Raymond Pragnon qui a beaucoup fait parler de lui depuis ~

Christian Poulard

1e Grand Prix Braderie Broutigny /s/ Bi…e.

~ Sept. 1954 ~

Guitou et Riri ~ Mai 48 ~

Peter et Franziska von Sperrland
Chateaux de la Loire, Bourgogne, un peu d'Italie, de la Bavière, un peu d'Irlande, une grande partie de l'Ecosse. photo mai 1976.

aoul, Paule (?) et moi. 2 crevais s
is la journée. Quelle journée! Août 3

*********** F N A C PARLY ********

ECHANGES & REMBOURSEMENTS

DE VOS ARTICLES LIBRE SERVICE

CONDITIONS : DANS UN DELAI DE 15 JOUR

AVEC LE TICKET DE CAISSE ET PRODUIT

SOUS EMBALLAGE D'ORIGINE - NON OUVERT

SIMPLE QUEST/SEMPE 551 3,33

EAN 9782070405602 01

TOTAL EUR 3,33

ESPECES EUR 5,00

A RENDRE EUR 1,67

MONTANT ADHERENT 3,33

** LA FNAC VOUS REMERCIE **

811V423 4002 5263/004 21/02/2003 17:0

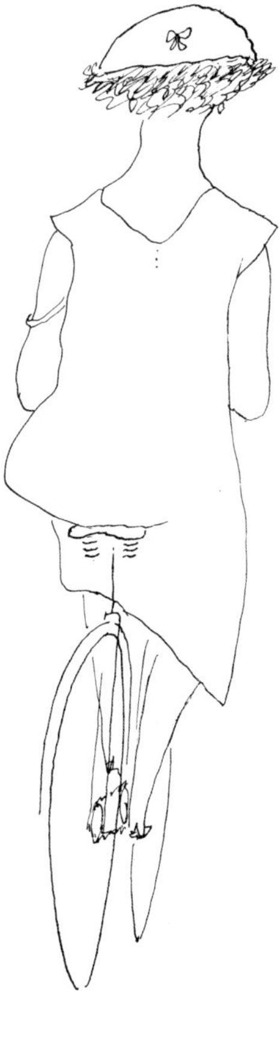

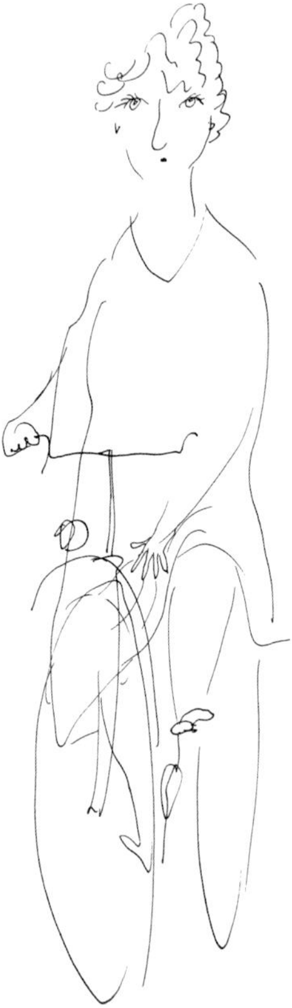

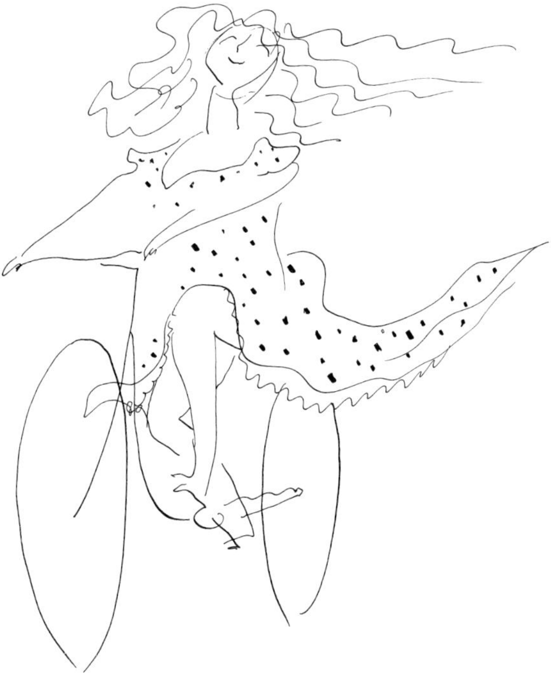

CHO
CO
LAT
CHOAT

La Paroisse

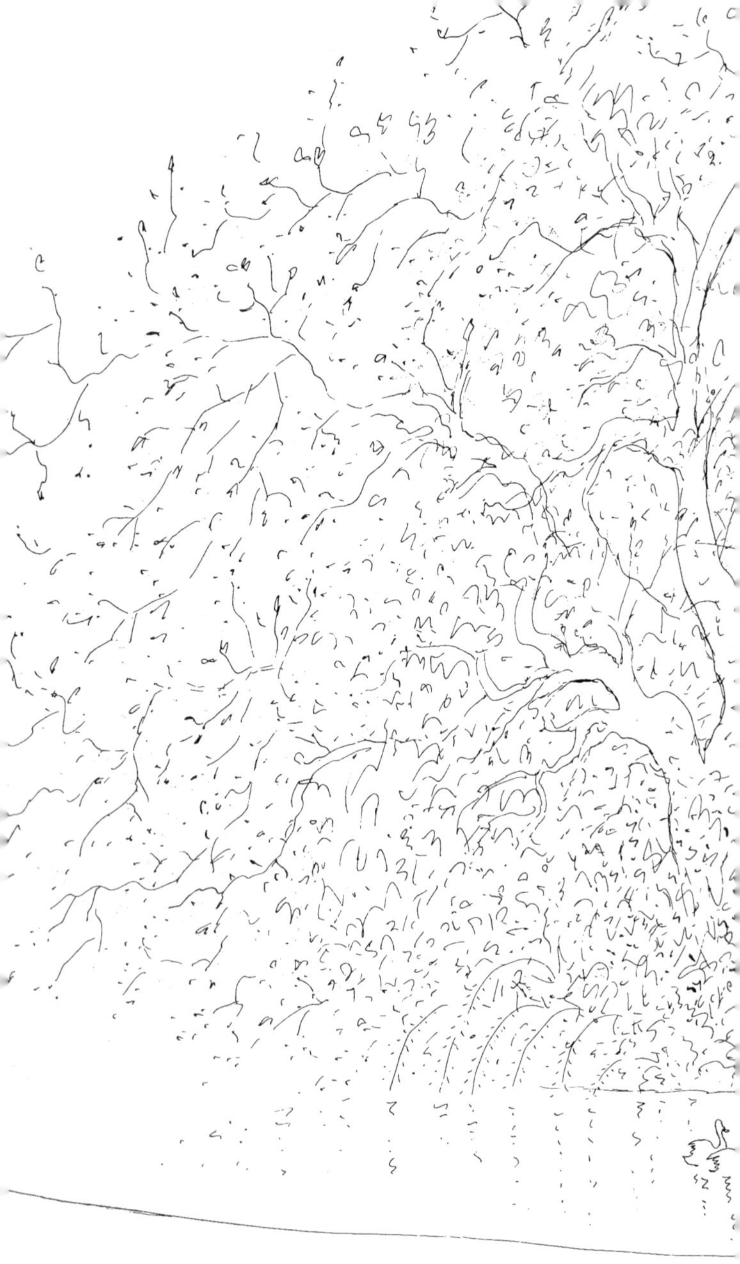

DU MÊME AUTEUR

Rien n'est simple, 1962

Tout se complique, 1963

Sauve qui peut, 1964

Monsieur Lambert, 1965

La grande panique, 1966

Saint-Tropez, 1968

Information-consommation, 1968

Marcellin Caillou, 1969

Des hauts et des bas, 1970

Face à face, 1972

Bonjour, bonsoir, 1974

L'ascension sociale de Monsieur Lambert, 1975

Simple question d'équilibre, 1977, 1992

Un léger décalage, 1977

Les musiciens, 1979, 1996

Comme par hasard, 1981

De bon matin, 1983

Vaguement compétitif, 1985

Luxe, calme et volupté, 1987

Par avion, 1989

Vacances, 1990

Âmes sœurs, 1991

Insondables mystères, 1993

Raoul Taburin, 1996

Grands rêves, 1997

Photogravure Nord Compo, 59650 Villeneuve d'Ascq
Impression Pollina, 85400 Luçon
le 24 août 1998
Dépôt légal : août 1998
Numéro d'imprimeur : 75546
ISBN 2.07.040560-5 - Imprimé en France

86569